HISTOIRE DE LA SĪMOURGH

ET DE L'UNION DU FILS DU ROI DE L'OCCIDENT AVEC LA FILLE DU ROI DE L'ORIENT, MONTRANT LA PUISSANCE DU DESTIN

Traduite du persan

PAR M. Aug. BRICTEUX

Extrait du *Muséon* Vol. VI. N° 1. 1905.

Louvain, J.-B. Istas
Londres, Luzac ; Paris, Leroux ; Leipsick, Harrassowitz

1905

HISTOIRE DE LA SĪMOURGH

ET DE L'UNION DU FILS DU ROI DE L'OCCIDENT AVEC LA FILLE DU ROI DE L'ORIENT, MONTRANT LA PUISSANCE DU DESTIN.

Traduite du persan

PAR M. AUG. BRICTEUX.

Les conteurs, les narrateurs, et les perroquets croqueurs de sucre au doux langage, racontent, la tenant d'ʾAbdou'llâh ʿAbbâs — que la miséricorde divine soit sur lui ! — l'histoire suivante que lui-même avait entendue de la bouche d'or (1) du prophète [Mahomet] — que Dieu le garde et le conserve (2) :

« Un jour que Mahomet avait le cœur ulcéré par les menées des *mounâfiqs* (3), l'ange Gabriel — le salut soit sur lui — survint et lui remit un sceau. « C'est », dit-il, « ô prophète de Dieu, le sceau de Salomon. C'est un cadeau que Dieu t'envoie pour te prémunir contre les agissements de tes ennemis francs ou cachés ». Cette

---

(1) Le texte a zabâni gauharbâr = « la langue chargée de joyaux. » Je remplace cette métaphore insolite par une autre qui nous est familière.

(2) Cette histoire serait donc un *hadith*.

(3) Par les *Mounâfiqs* (pl. ar. mounafiqîne) ou « hypocrites », on désigne les Médinois opportunistes qui, tout en affectant extérieurement d'être partisans de Mahomet, n'étaient pas complètement gagnés à l'Islam, mais attendaient les évènements, prêts à abandonner le prophète si la fortune lui était contraire. Mahomet leur montra les plus grands égards et agit en fin politique pour les gagner à sa cause.

nouvelle réjouit le prophète. Mais pourtant, dit-il en s'adressant à l'ange : « O mon frère, est-ce que le *qazâ* de Dieu — il est grand ! — peut être détourné par ce sceau ? » Gabriel répondit : « O ami de Dieu, il y a deux espèces de qazâ : l'un est irrévocable (1), et l'autre peut être conjuré (2). Le premier, rien ne peut l'entraver, mais quant au second, il peut être infirmé par les aumônes et les prières. D'ailleurs, ajouta le messager divin, je vais demander à Dieu un congé pour venir te trouver et te raconter une histoire où intervient le qazâ o qadar (3). Tu verras par ce récit qu'il est impossible de l'écarter ».

Quelque temps après, Gabriel vint transmettre au prophète un message de la part du Très-Haut. Mahomet lui dit : « O Gabriel, mon frère, tu m'avais promis de me raconter une histoire relative au qazâ o qadar. C'est le moment de me l'exposer ». Alors, l'ange commença en ces termes :

« O prophète de Dieu, sache qu'un jour, Salomon (4) était assis sur son trône, et toutes les créatures, tant les humains que les *divs* et les *péris* (5), se trouvaient devant lui. Au-dessus de sa

(1) qazâyi mouḥkam, littéralement solide.

(2) qazâyi mou 'allaq = le qazâ suspendu.

(3) qazâ o qadar est synonyme de qazâyi mouḥkam.

(4) Aucun nom n'est plus fameux en Orient que celui de Salomon (en arabe et persan *Souleïmâne*). D'après la légende musulmane, il succéda à son père à l'âge de douze ans, et Dieu plaça sous sa domination non seulement l'humanité tout entière, mais encore les animaux, les éléments et les djinns. Les oiseaux étaient sans cesse empressés à le servir ; ils portaient ses messages et serrés l'un contre l'autre au-dessus de sa tête ils lui formaient une espèce de dais qui le garantissaient des intempéries ; les vents se chargeaient de le transporter, et il n'avait besoin ni de chevaux, ni d'autres véhicules. Le sceau de Salomon est célèbre, ainsi que les relations du roi-prophète avec Belqîs, reine de Saba.

(5) Les *divs* sont des êtres surnaturels malfaisants. Déjà l'ancienne religion zoroastrienne considérait les divs (*daeva*) comme les suppôts d'Ahrimane, principe du mal, et comme opposés dans leur ensemble aux *Amecha spenta* (appelés plus tard *Amchaspand*), démons bienfaisants créés par le principe du bien Ormuzd. (cf. Geiger et Kuhn, Grundriss der Iranischen Philologie, III, pp. 633-640 ; 653 sq.)

La croyance aux divs a persisté en Perse, comme beaucoup d'autres, après la conversion à l'Islam.

tête planaient les oiseaux, et sous l'empire de la vénération qu'inspirait le roi-prophète, aucun être vivant n'avait l'audace de souffler mot ni de faire un pas. Tout-à-coup, au milieu de cette assemblée recueillie, un chétif oiselet proféra un cri et fit un mouvement inconvenant. Salomon ordonna de tancer le perturbateur, mais la bestiole s'écria : « O prophète de Dieu, les hommes dissertent à perte de vue sur le bien fondé de la croyance au destin ». Salomon, à ces paroles, s'emporta et cria à l'oiseau : « Il faut avoir la ferme conviction que pas une feuille ne tombe d'un arbre si ce n'est par un décret divin ». Alors la Sîmourgh (1)

Il n'est pas sans intérêt de remarquer que le mot sanscrit *deva* (latin *divus*) désigne un dieu du bien. Quand deux peuples sont étroitement apparentés comme les Indous et les Iraniens, ce qui est adoré chez l'un est souvent honni chez l'autre. C'est ainsi que *Kôhên* (cf. Cohen, Cohn, Kohn etc.) en hébreu veut dire « prêtre » et que le mot arabe correspondant *kâhin* signifie « sorcier ».

Les *péris* sont considérées chez les Persans modernes comme des esprits féminins bienfaisants. Une fausse étymologie populaire fait venir *pari* de *par* qui signifie aile et on croit que ce sont des esprits ailés. Elles sont créées de lumière, sont d'une beauté enchanteresse et ornées de toutes les qualités. Elles se vêtent de la lumière du soleil, se nourrissent du parfum des fleurs et se baignent dans la splendeur de l'aurore. Le poème de Thomas Moore, « Paradise and the Peri » a rendu les Péris célèbres même en Occident.

Dans l'Avesta, les péris (pairikā. pehl. parik) sont considérés au contraire comme des êtres de nature malfaisante, qui usent de leurs charmes pour mener à leur perte les faibles humains. (cf. *Geiger et Kuhn*. Grundriss der Iran. Phil. II, p. 665.)

(1) Simourgh. — Nom d'un oiseau fabuleux qui d'après l'épopée iranienne (Livre des Rois de Firdousi) habitait sur le mont Elbourz, où il éleva le héros Zâl qui avait été exposé par son père. D'après Pizzi (Antologia Firdusiana, s. v. Simurgh), ce nom vient de *mourgh*, oiseau, et la syllabe initiale *si* = le zend *çaéna* qui dans l'Avesta désigne des oiseaux savants (cf. *yasht*, 13, 97).

Naturellement l'étymologie populaire a vu dans cette syllabe *si* le nom de nombre signifiant trente, et le Simourgh passe pour aussi gros que trente oiseaux ordinaires. — « Pour les adeptes du Soûfisme, le Simourgh est devenu l'emblème de la divinité ; il est, pour la même raison, le principal héros du poème mystique intitulé « *le Languaye des oiseaux* », publié et traduit par M. Garcin de Tassy » (voir surtout p. 40 et p. 234 de la traduction). Barbier de Meynard, Boustan, p. 79, n. 1.

Voir aussi Chauvin, Bibliog. des ouvrages arabes ou relatifs aux arabes, VII, p. 12-13.

insista et dit : « Tu as peut-être raison ; mais pourtant beaucoup prétendent que ce qazâ o qadar n'est qu'un vain mot ».

Sur ces entrefaites, Gabriel descendit du ciel et s'adressa à Salomon : « O prophète, Dieu — il est grand — te mande qu'il est malséant de t'emporter contre la Sîmourgh. Ce n'est pas là le moyen de faire triompher la vérité. Mais annonce aux hommes qu'aujourd'hui même le roi de l'Occident va avoir un fils, et qu'une fille va naître au roi de l'Orient. Or, nous avons décidé par le qazâ o qadar qu'ils s'uniraient l'un à l'autre sans les liens d'un mariage officiel et que la princesse donnerait le jour à un enfant. Nous seuls, nous avons le pouvoir d'accomplir pareille chose, et le monde entier se rassemblerait pour les surveiller, qu'il ne pourrait contrecarrer notre décret, car c'est le *qazâyi mouhkam* ».

Alors, Salomon ordonna de convoquer tous les hommes, les djinns (1), les quadrupèdes et les oiseaux, et de les faire approcher de son trône. Ainsi fut fait. Salomon s'adressa à la Sîmourgh : « Qu'as-tu à dire au sujet du qazâ o qadar ? » De nouveau la Sîmourgh dit : « O prophète de Dieu, je n'ai aucune foi dans le qazâ va qadar. » Salomon ajouta : « Eh bien ! Dieu m'a annoncé que cette nuit le roi de l'Occident allait avoir un fils, et le roi de l'Orient une fille. Il a décidé qu'ils s'uniraient et qu'un enfant naîtrait de leur amour. Or, j'ai la croyance inébranlable que si même tous les êtres se rassemblaient pour empêcher ces évènements de s'accomplir, ils n'y réussiraient pas. Et toi, partages-tu ma croyance ? » — La Sîmourgh insista : « O prophète de Dieu, je ne nie pas le décret divin, et je suis certaine que Dieu a tous les pouvoirs, mais il est en contradiction avec l'ordre des choses qu'un garçon né en Occident et une fille d'Orient s'unissent ainsi que le comporte le qazâ ». Salomon s'indigna : « Ne profère plus de telles

---

(1) Les *djinns*, de même que les anges, étaient considérés par les anciens Arabes comme les fils d'Allâh. On les croyait créés de feu au lieu d'argile, mais à part cela en tout semblables aux hommes, sujets aux maladies et à la mort, et se reproduisant d'après les mêmes lois. Mahomet se croyait envoyé par Dieu pour convertir à la vraie foi les djinns aussi bien que les hommes. (cf. sourate 72). La croyance aux djinns est encore universellement répandue dans l'Orient musulman. (Les dîvs et les péris sont particuliers à la Perse).

paroles », dit-il. « Si tout autre que toi parlait en ces termes, je le châtierais ; mais j'ai beaucoup d'égards pour toi. Reviens sur ce que tu as dit ». « O prophète », reprit la Sîmourgh, c'est moi-même qui vais empêcher leur rapprochement, pour que tu saches bien, toi aussi, si oui ou non le destin peut être entravé. Je reconnais en toi le prophète de Dieu, et je crois que Dieu a un pouvoir absolu, mais quant à cette nouvelle que Gabriel vient d'annoncer, je n'en admets pas la possibilité ». Alors, Salomon demanda à la Sîmourgh des ôtages. Elle lui livra quatre oiseaux : le corbeau, le hibou, le faucon et le moineau, et demanda un délai de quinze ans. Salomon demanda et obtint un engagement écrit, et sur l'heure, la Sîmourgh prit congé de Salomon (1) et s'envola sans qu'aucune créature en fût informée.

Prenant son essor, elle se dirigea vers l'Orient et arriva bientôt dans la ville dont le roi venait d'être réjoui par la naissance d'une fille. Il avait fait construire au milieu de son jardin un bassin de marbre, et sur un trône placé au bord du bassin, on avait installé un berceau tout étincelant de pierreries. L'enfant royale y reposait dans ses langes, entourée de sa nourrice et de ses servantes. Tout-à-coup la Sîmourgh apparut, dans les airs pareille à une énorme montagne, et fondit sur la couchette de la princesse. Les servantes n'avaient jamais vu d'oiseau si gigantesque, et toutes, affolées, s'enfuirent et se cachèrent parmi les arbres. La Sîmourgh, donc, enleva le berceau et l'emporta dans les airs. Aux cris poussés par les femmes, le roi averti du fait, sortit de la ville avec dix mille cavaliers armés d'arcs et de flèches, et tous se mirent à la poursuite du ravisseur. Mais ils ne purent apercevoir que de loin le berceau dans le bec de l'oiseau. Bientôt la Sîmourgh disparut à leurs yeux, et tous ensemble, s'en retournèrent comme ils étaient venus, en poussant de grandes clameurs. Tous se demandaient : « Quel est ce miracle ? » Ils étaient stupéfaits de cet évènement merveilleux, et personne ne savait qu'en penser.

Bref, la Sîmourgh, continuant son vol, se dirigea vers la mer. Or au milieu de l'Océan s'élevait une montagne si haute que sa cîme touchait presque au zénith ; au sommet se dressait un arbre

(1) Il y a dans le récit quelques contradictions.

énorme dont le branchage versait son ombre sur les sept mers. Aucune créature, à part la Sîmourgh, ne pouvait atteindre le sommet de cette montagne et de cet arbre. Tout alentour se trouvait un précipice épouvantable. La Sîmourgh recouvrit d'herbe sèche un endroit convenable et y installa le berceau de la princesse. Puis elle alla chercher une biche nourricière qui allaita l'enfant. En hiver, elle lui procurait du miel et d'autres friandises. Deux ans se passèrent de la sorte, sans que personne fût au courant de cette situation. Et la Sîmourgh se disait : « Je n'ai rien de mieux à faire que d'élever ainsi la fillette jusqu'à l'âge de quinze ans ; puis je la porterai à Salomon et il apparaîtra clairement à toutes les créatures que ce prétendu Destin n'est qu'un vain mot ». La Sîmourgh, donc, allait chaque jour à l'aurore faire sa cour à Salomon, puis elle s'en revenait auprès de la princesse et l'entourait de soins, et elle atteignit ainsi l'âge de quatorze ans, l'oiseau nourricier la comblant de toutes les délices que le monde renferme, et la régalant de tous les mets les plus variés et les plus exquis. Elevée avec mille prévenances, elle vécut dans la joie et l'innocence, se figurant que le monde se bornait à ce qu'elle voyait autour d'elle. Ainsi cajolée et gâtée, elle conçut pour la Sîmourgh, si bonne pour elle, une telle affection qu'elle était tout éperdue si elle restait une heure absente. Cependant que l'oiseau comptait les jours, attendant avec impatience le terme convenu pour la porter à Salomon.

Mais oublions un instant la jeune fille, et écoute, ô lecteur, quelques mots de l'histoire du fils du roi de l'Occident :

On raconte que Gabriel la narra en ces termes à Mahomet : « O prophète de Dieu, lorsque ce prince fut parvenu à l'âge de sept ans, son père le fit étudier jusqu'à dix ans, et il acquit dans toutes les sciences une instruction solide. Après quoi il devint d'une habileté consommée dans le maniement de l'épée, du javelot et de l'arc, et dans tous les arts indispensables à un futur chef d'armée. Son occupation favorite était la chasse. Il avait pour cet exercice une passion sans bornes, et ne se plaisait qu'à entendre raconter des exploits cynégétiques.

Lorsqu'il atteignit l'âge de quinze ans, il était si beau que le soleil lui-même était jaloux de ses charmes, et qu'à son aspect tous restaient stupéfaits. La chasse, son passe-temps favori, le tenait souvent deux à trois jours éloigné de son palais, et à peine rentré, il mandait les gens qui avaient vu le monde, et leur faisait narrer leurs aventures. Un jour, pris pour la chasse d'une ardeur encore plus grande, il demanda à son père la permission de s'absenter pour un mois. Le roi fit équiper une caravane et confia son fils à des hommes sûrs. Il commit à son service des pages à la ceinture dorée, et les fit accompagner par le capitaine de ses archers et par son grand fauconnier.

Bref, le prince armé de pied en cap se mit en route. Lui et ses gens arrivèrent, toujours chassant, jusqu'au bord de la mer. Il fit dresser les tentes aux applaudissements de tous et on séjourna dans cet endroit l'espace de dix jours. Alors, la fantaisie lui prit de s'adonner au plaisir de la pêche. Il ordonna d'armer des vaisseaux et des chaloupes, et d'emporter des approvisionnements pour dix jours. Tous s'embarquèrent et après quelques jours de navigation, ils abordèrent à une île rafraîchie par une brise céleste, où les *dourrâdjs* (1) et autre gibier de plume foisonnaient à tel point qu'on n'eût pu les compter. Le prince, rempli d'allégresse, chassait avec tant de zèle qu'il en oubliait le boire et le manger. Après quelques jours, il ordonna de mettre à la voile pour une autre île. Comme ils voguaient vers cette nouvelle destination, une tempête éclata, un gros nuage creva sur eux, la foudre étincela, et un vent contraire souleva les vaisseaux, les entrechoqua et les mit en pièces, si bien que tous périrent dans l'onde amère. Seul, le jeune prince, se cramponna à un fragment de vaisseau qui le transporta trois jours et trois nuits durant. Dieu — il est grand ! — lui vint en aide pour quo son décret s'accomplît. Le naufragé gagna la rive, lâcha son épave et atterrit sain et sauf. Il marcha un peu ; bientôt accablé et à bout de forces il s'affaissa, puis il se remit en marche. Il aperçut de loin un vaisseau. Il s'approcha et vit qu'il était rempli d'une foule de passagers. Il les salua de loin, et l'équipage, l'ayant aperçu, arrêta le navire et demanda au prince qui il était et quel hasard l'avait amené en cet endroit. « Mon père », répondit-il, « était marchand. Nous faisions route ensemble, quand un vent funeste

(1) Espèce de perdrix.

brisa notre bâtiment, et tous les passagers se noyèrent. Seul, un morceau de planche me sauva, et me transporta ici après trois jours et trois nuits, mourant de faim, de soif et de fatigue, moi qui jamais n'avais voyagé sur la mer, et qui jamais ne m'étais éloigné de ma patrie. Pour l'amour de Dieu, recueillez-moi dans votre vaisseau, vous ferez œuvre pie et méritoire ». L'équipage, pris de pitié au récit de cette infortune, le prit à bord.

Or, il y avait parmi les passagers un fermier des impôts qui avait été au service de Salomon. Il fit venir le prince et lui dit : « Désormais, cesse de te chagriner ; moi, je ne te laisserai pas en butte aux rigueurs du sort ». Le prince reprit courage ; il enleva son costume royal brodé d'or, dégrafa sa ceinture dorée, et revêtit un accoutrement bourgeois ; puis il s'employa à servir le financier. Il sut si bien gagner l'estime de son maître que l'ʿâmil (1) en fit son homme de confiance. Après un certain laps de temps, ils arrivèrent au Caire, où le prince passa deux ans au service de ce riche bienfaisant, qui lui dit un jour : « O jeune homme, voilà deux ans que je t'emploie et je ne t'ai pas encore fait de présent ; j'en suis honteux devant toi. Demande-moi une faveur à ton goût ». — « Seigneur », répondit le prince, « je ne t'ai pas été assez utile pour oser solliciter quoi que ce soit de ta bienveillance ». Cette modestie et ce désintéressement plurent à l'ʿâmil. Le prince alla au bazar, vendit sa ceinture d'or et mit en sûreté le prix qu'il en reçut. Or, chaque fois qu'il voyait au bazar un objet intéressant, il l'achetait et l'offrait à son maître. Cela dura un an, à la grande confusion du financier, qui se disait : « Que pourrais-je bien lui donner en compensation ? Comment reconnaître dignement ses services ? » Un jour, le prince lui dit : « Quand vous voudrez me donner une preuve de bienveillance, je ne vous demande qu'une chose, c'est de me laisser partir, car je suis pris de l'envie d'aller à la recherche des sources du Nil ». L'ʿâmil, étonné, lui dit : « Mon fils, tu n'es encore qu'un enfant, et la source du Nil se trouve au bout du monde. Comment pourrais-tu y arriver ? Et d'ailleurs, de quel profit te serait cette découverte ». Le prince insista : « Ma destinée le veut sans doute ainsi. Il me faut partir ».

(1) Intendant des finances, collecteur d'impôts.

Le financier comprit que c'était un désir invincible. « Tu es libre d'agir à ta guise », lui dit-il, puis il alla à son trésor, en retira un fragment d'une substance analogue à de la cire blanche et plus odorante que le musc, et la remit au prince. « Mange cette drogue », lui dit-il, « elle pourra t'être d'un grand service ». Le prince obéit. « O seigneur », lui dit-il, « tu mettrais le comble à tes bontés en me faisant part des propriétés de cette substance ». « Sache r, répondit-il, « que c'est un cadeau qui me vient de Salomon, et que jamais n'a possédée aucun mortel. Je te l'ai donnée parce que j'étais confus de n'avoir pu récompenser autrement tes services, et en voici la vertu : quelque parole que prononce un oiseau ou un quadrupède, tu en comprendras le sens ».

Le prince, rempli de joie, prit congé de ce bon maître, et se mit en route en longeant le rivage du Nil. Il chemina ainsi plusieurs jours et plusieurs nuits, et en passant par une ville, il vit un jardin vaste et riant, rempli d'arbres chargés de fruits. Charmé par la beauté du lieu, il s'arrêta pour le contempler, et se mit à manger. Parmi les arbres du jardin, l'un portait des fruits cousus dans des bourses de toile, pareils à de gros joyaux suspendus, si bien que leur scintillement à travers la toile illuminait tout le jardin. Le prince, émerveillé, passa toute la journée dans cet endroit. Le lendemain, il voulut toucher à ces fruits étranges et ouvrir l'un des sacs de toile pour voir d'où venait cet éclat, mais son cœur fut rempli d'une sainte horreur, et sous l'empire de la crainte, sa main tremblante ne put les saisir. Il y renonça donc, et resta tout éperdu, se disant : « Fallût-il rester ici toute une année, je ne bougerai que ce mystère ne soit éclairci ». Il s'assit donc dans un coin, et tout-à-coup, il entendit un tapage et les cris des châouches (1). Le prince leva la tête et vit s'approcher un roi au milieu de ses courtisans. Le monarque s'assit au pied de l'arbre enchanté, entouré de sept ministres qui lui adressèrent toutes sortes de discours. Enfin le roi prit à son tour la parole et leur dit : « Il y a autant d'années qu'intrigué du mystère de cet arbre et de ces fruits cousus dans la toile, je vous demande de me dire la

(1) Coureurs qui font écarter la foule sur le passage d'un grand personnage.

vérité. Chassez donc ce nuage de mon cœur. Je vous demande de pénétrer ce secret, et chaque année vous me bercez de la vaine promesse de me satisfaire. Mais en fin de compte, avouez donc pourquoi vous ne voulez pas me révéler la chose. Je ne vous accorde plus de délai. Allez, parcourez toutes les régions du monde, cherchez à éclaircir le mystère de cet arbre, et apportez-moi la solution, sinon, vous êtes perdus ». Les vizirs, consternés, s'entre-regardèrent et baissèrent la tête. Un seul, plus audacieux, prit la parole et dit : « O roi — que le monde soit à votre merci ! — il y a déjà autant d'années que nous sommes à votre service, et avant nous, nos pères ont rempli les mêmes fonctions auprès du vôtre. Or, ils ont vu cet arbre tel que nous le voyons, et personne ne sait que penser de ces fruits. Toutefois, puisque le monarque désire vivement tirer ce mystère au clair, qu'il nous donne un congé ; nous partirons et nous prendrons partout des informations. Il se peut que cette affaire se termine à la satisfaction du souverain ». Ces paroles plurent au monarque. « Je jure par Salomon », dit-il, « que si d'ici à un mois, vous ne me renseignez pas sur cet arbre, je vous interdis de paraître devant moi ». Il dit, monta à cheval avec sa suite, et s'en alla. Les vizirs se dirent l'un à l'autre : « Nous ne pouvons plus nous présenter devant le roi. Partons et parcourons l'univers. Il se peut que nous parvenions à résoudre ce problème ». Et sur le champ, ils se préparèrent au voyage et se mirent en route. Quand ils passèrent à côté du prince, ils l'aperçurent et lui dirent : « O mon enfant, que fais-tu en ce lieu, et d'où viens-tu ? » « Je viens », répondit-il, « du côté de l'Occident ». Les vizirs, étonnés, lui demandèrent : « Quelle affaire importante a bien pu t'amener ici ? » — « Une idée qui m'est venue en tête : il me faut absolument connaître la source du Nil ». « Quelle lubie est-ce là ? » s'écrièrent les vizirs. « Lubie si vous voulez », répliqua-t-il, « mais il m'est impossible de bannir cette idée ». — « Viens donc avec nous ».

Ils s'en furent donc de concert, longeant le fleuve, et cheminèrent ainsi plusieurs jours et plusieurs nuits. Ils virent d'abord un homme qui récoltait du blé mûr et du blé encore vert, et jetait toute la récolte à l'eau. — Plus loin, un individu entassait une grande quantité de bois, la liait et voulait soulever le faix, mais n'y parvenait pas. Alors, il apportait de nouveau bois et le déposait sur le **premier** tas et liait le tout. Il tâchait de soulever ce fardeau encore plus lourd que le premier, mais naturellement, s'épuisait en vains efforts ; après quoi, il augmentait encore sa charge, et ainsi de suite. — Nos voyageurs, continuant à marcher, arrivèrent au bord d'un puits. Au fond, ils virent un personnage ayant devant lui une rangée de cruches. Il laissait la sienne vide et versait de l'eau dans toutes les autres. — Puis venait un autre qui mettait à sec ses semailles pour irriguer celles de ses voisins. — Ils passèrent outre et se trouvèrent devant un homme qui prenait une bouchée d'aliments, la mettait dans la bouche d'un autre et ne mangeait pas lui-même. — Plus loin encore apparut à leurs yeux un oiseau qui sortait d'un trou, retournait sur ses pas et voulait y rentrer, mais, à sa grande consternation, n'y réussissait pas. — Alors, ce fut une chienne en gésine : ses petits encore dans le sein de leur mère, poussaient déjà des aboiements. — Puis, ils aperçurent des agneaux **gras** couchés auprès de leur mère et qui s'amaigrissaient au fur et à mesure qu'ils tétaient son lait. — Ils virent ensuite un serpent étendu au bord de la route. Il mordait tous ceux qui passaient à côté de lui, et cependant personne ne cherchait à l'éviter. — Ce fut le tour, alors, de deux bouchers assis en face l'un de l'autre : l'un vendait de bonne viande grasse et bien fraîche, tandis que celle de l'autre était maigre et corrompue ; or les clients prenaient la viande infecte et la mangeaient, dédaignant la viande saine et appétissante. — Les vizirs et le prince, avançant toujours, virent un individu qui préparait dans une marmite des mets appétissants et cuisinait dans une autre de la charogne. Or, les passants puisaient dans la seconde marmite et personne ne touchait à la première. — Ils aperçurent plus loin une gazelle couverte de riches ornements ; des gens tâchaient de la prendre, les uns la tenant par le cou, les autres par la tête, d'autres par les pieds, et l'animal en pleine course, les entraînait ainsi cramponnés après lui. — A quelque distance était suspendue une belle pièce de toile blanche que les gens mettaient en lambeaux et qui se réparait instantanément.

Ils rencontrèrent ensuite un vieillard décrépit, qu'ils saluèrent et qui leur rendit leur salut, s'inclina poliment devant eux et leur parla en ces termes : « Jeunes gens, soyez les bienvenus ! Quel objet vous amène ici ? Voilà cinquante ans que j'habite ces lieux, sans y avoir jamais vu de figure humaine ». — « O vieillard », répondirent les vizirs, « nous venons de faire un voyage où nous avons vu des prodiges déconcertants. Nous voudrions que tu nous donnes des renseignements à leur sujet ». — « J'ai cent cinquante ans », répondit-il, « et pourtant je ne connais rien de ces choses extraordinaires, dont vous parlez, mais j'ai un frère plus âgé que moi. Allez le trouver, et peut-être lui vous donnera-t-il la clef de ces énigmes ». — « Mais où habite-t-il ? » — « La route que vous suivez vous conduira chez lui ». Le vieillard leur apporta à manger, ils se rassasièrent, puis se remirent en route. Après un bout de chemin, ils virent un vieillard qui habitait une cabane d'herbes et de feuillage. Ils le saluèrent, il leur rendit leur salut et leur adressa la bienvenue. « C'est chose bien étonnante », dit-il, « que votre passage en ce lieu. Quel objet vous amène ? » Ils lui racontèrent en détail tout ce qu'ils avaient vu. « J'ai cent quatre-vingts ans », dit-il, « mais je ne puis en rien vous aider à dévoiler ces mystères ; mais j'ai un frère plus âgé que moi. Adressez-vous à lui. Peut-être en sait-il plus que moi ». Ils reprirent donc leur voyage, et parcoururent encore une certaine distance. Ils aperçurent un homme dont le visage était frais comme la rose et la chevelure pareille au musc noir. Après un échange de salutations, il les accabla de politesses : « O jeunes gens », dit-il, « vous êtes les bienvenus. Quelle cause me vaut l'honneur de votre visite ? Que désirez-vous ? » Ils lui exposèrent au complet les prodiges dont ils avaient été témoins. Le jeune homme leur demanda : « Desquelles d'entre ces merveilles voulez-vous avoir l'explication ? » Ils répondirent : « Dis-nous d'abord ce que signifie cet arbre dont les fruits étincelants sont cousus dans des bourses de toile, ainsi que les merveilles que nous avons vues dans notre voyage. Parle-nous aussi de tes frères, car nous voudrions avoir des lumières sur tout cela ». « Avez-vous vu mon frère cadet ? » Sur leur réponse affirmative, il se mit à sourire et leur dit : « Prêtez à mes paroles une oreille attentive, et je vais vous faire connaître tout ce que vous désirez ». (1)

(1) Les prodiges ne sont pas rangés ici dans le même ordre que plus haut.

1° D'abord cet homme qui moissonnait indistinctement les blés mûrs et les blés verts et jetait sa récolte à l'eau n'est autre que l'ange de la mort qui fauche aussi bien les jeunes gens dans leur fleur que les vieillards décrépits, et n'épargne personne.

2° L'individu qui amoncelait du bois, voulait le soulever, et n'y parvenant pas, augmentait encore son fardeau dans le fol espoir de l'enlever plus facilement de terre, est l'image des fils d'Adam qui commettent des péchés, ne peuvent se dérober à la punition qu'ils entraînent, puis en commettent de nouveaux.

3° Cet homme qui tirait de l'eau d'un puits, en remplissait la cruche d'autrui et laissait vide la sienne, est pareil aux gens qui, à force d'oppression et de rapines accumulent des richesses ; ils n'en emportent rien avec eux, meurent le cœur torturé par mille regrets, et le produit de leurs exactions revient à leurs héritiers.

4° Celui qui irriguait les semailles de ses voisins au détriment de son propre terrain, ressemble aux hommes qui, négligeant leur maison et leur famille, s'emploient au service d'autrui et remplissent des fonctions subalternes, et ne s'aperçoivent pas que leur propre demeure tombe en ruines.

5° L'individu qui prenait un morceau et le mettait dans la bouche d'un autre, sans penser à manger lui-même, est le symbole des gens de notre époque qui accablent les autres de conseils et d'exhortations, sans les mettre eux-mêmes en pratique.

6° L'oiseau (1) qui sort de son trou et ne peut plus y rentrer, est l'image fidèle de la parole qui, une fois sortie de la bouche, ne peut plus y rentrer (2).

7° Les agneaux qui s'amaigrissaient à sucer le lait de leur mère, sont pareils aux tyrans qui dévorent (3) les biens de leurs sujets, provoquent la ruine de leur peuple et voient par là diminuer leur puissance.

8° Ce serpent qui mordait tous les passants sans que personne

---

(1) Le texte a d'un côté « oiseau » *mourgh*, et de l'autre « serpent » *mâr*.

(2) Cf. le proverbe turc : « *Atylan oq dönmez* » = la flèche une fois lancée ne revient pas.

(3) Le mot « manger » s'emploie dans tout l'Orient en parlant des fonctionnaires qui pratiquent la concussion.

cherchât à l'éviter, nous rappelle ce bas monde qui nous tue tous sans que personne songe à la vie future.

9' La chienne enceinte dont les petits aboyaient déjà dans le ventre de leur mère, est comparable aux enfants de notre époque qui ne permettent pas à père et mère de proférer une parole, mais pérorent eux-mêmes de façon à frapper leurs parents de stupéfaction.

10° Les bouchers dont l'un vendait de la viande grasse et en bon état et l'autre de la viande maigre et pourrie et dont les clients, laissant la bonne marchandise, se disputaient la charogne infecte et la mangeaient, me font penser aux hommes de ce temps qui délaissent leurs femmes légitimes, belles et appétissantes, pour courir après d'infectes créatures dont la fréquentation leur est interdite *(ḥarâm)*.

11° Les gens qui dédaignaient la cuisine alléchante pour manger du pot au feu corrompu et répugnant, sont pareils à nos contemporains qui ne trouvent aucun charme aux jouissances permises et s'acharnent aux plaisirs illicites.

12° Cette gazelle richement ornée qui entraînait dans sa course tous les hommes cramponnés après elle, est le symbole des affaires de ce monde dont chacun s'occupe jusqu'à son heure dernière avec une activité inlassable, sans se douter que ce monde fuyant nous échappe.

13° Cette pièce de toile blanche dont chacun arrache un lambeau et qui cependant reste parfaitement intacte est aussi l'image du monde, dont chacun s'approprie une part sans que pourtant ce monde cesse d'être ce qu'il était.

« Voilà donc », dit le vieillard, « que je vous ai expliqué les prodiges dont le spectacle vous a frappés dans votre voyage. A vous aussi, de vous détacher des choses de cette existence éphémère et de ne penser qu'à l'au-delà. Je vais maintenant vous raconter mon histoire et celle de mes deux frères :

Nous sommes trois, dont le premier que vous avez rencontré, et qui a maintenant cent cinquante ans, est le cadet. S'il est si affaibli par l'âge, c'est qu'il a une femme sans talent, une mégère au caractère détestable et à la langue de vipère. L'argent qu'il rapporte au logis, sa femme le dissipe en futilités. Il est accablé de voir son ménage aller à vau l'eau, et le chagrin l'a tellement épuisé qu'il doit porter lunettes et s'appuyer sur un bâton.

Quant à mon frère puîné, il est de trente ans plus âgé que le premier. Il a une femme qu'on appelle *Nîm-talaf*, « Demi-Gaspillage », parce qu'elle dissipe une moitié du revenu de mon frère et en dépense l'autre moitié pour les besoins du ménage, de sorte que, naturellement, il est tantôt de bonne humeur et tantôt chagrin. C'est ce qui fait que, sans être tout-à-fait décrépit, il a des cheveux blancs et n'a plus sa verdeur d'autrefois.

Quant à moi qui vous parle, sachez que j'ai pour femme un modèle de vertu (1), de piété et de perfection. Elle me comble de satisfaction, et si je lui confie un *dirhem*, elle n'a garde de le dépenser, mais le garde précieusement. De plus, elle est à tout instant empressée à me servir, et si je lui ordonnais mille travaux dans l'espace d'une heure, elle les exécuterait tous. C'est pourquoi je vis dans le contentement, mes cheveux sont encore noirs et j'ai encore toute la vigueur de ma jeunesse, bien que j'aie passé deux cents ans ; car, sachez le bien, je suis plus âgé que mes deux frères.

Venons enfin à cet arbre mystérieux, dont les fruits, cousus dans de la toile, illuminent les alentours. J'ai entendu raconter un jour par mon père qu'il y eut au temps jadis un roi juste, intelligent et si bon que ses sujets adressaient à Dieu des actions de grâces pour leur avoir donné un tel prince et appelaient sur lui les bénédictions du ciel. Il arriva dans ce pays qu'un cultivateur prit à loyer un lopin de terre planté d'arbres fruitiers. Or, en bêchant le sol, cette personne y découvrit un trésor. Elle s'en fut immédiatement trouver le propriétaire et lui dit : « J'ai trouvé dans le terrain que tu m'as loué un trésor. Viens en prendre possession ». — « Ce n'est pas moi qui ai déposé ce trésor », dit l'autre. « Je t'ai loué cette terre, et tout ce qu'elle produit t'appartient en toute justice. C'est à toi que Dieu — il est grand ! — a donné ce trésor, et il m'est interdit d'en prélever quelque chose. Bref, je n'ai rien à voir avec ta trouvaille ». Ils continuèrent à disputer ainsi à qui prendrait le trésor, et la discussion s'envenima au point qu'ils allaient en venir aux mains,

(1) Littéralement « *mastoûra* », voilée, c'est-à-dire pudique.

si les voisins n'étaient intervenus. Le bruit de cette querelle arriva aux oreilles du roi. « On a trouvé », lui dit-on, « un trésor de telle valeur. Si tu l'ordonnes, on va te le remettre ». Mais le bon prince se récria : « Puisque Dieu — il est grand ! — le leur a donné, de quel droit me l'approprierais-je ? » Il ordonna de faire comparaître les deux parties, et quand ces honnêtes gens furent devant lui, il dit, s'adressant d'abord au propriétaire : « O jeune homme, pourquoi n'entres-tu pas en possession de ton bien ? » — « Que Dieu donne au monarque une longue vie ! » répondit-il. « Ce trésor ne concerne que le locataire. Si c'était moi qui l'eusse trouvé auparavant, il m'appartenait, mais maintenant l'honnêteté me défend d'y toucher. A l'autre de le prendre ». Le roi se tourna alors vers le locataire : « Eh bien ! pourquoi ne profites-tu pas de cette aubaine ? » — « Que la puissance du souverain du monde soit de longue durée ! Ce que j'ai pris à loyer, c'est la culture du terrain, et non la recherche des trésors. Y toucher serait sacrilège ». Le roi sourit, baissa la tête et se plongea dans ses réflexions. Puis, levant les yeux, il leur demanda : « O jeunes gens, serez-vous satisfaits de ma décision, quelle qu'elle soit ? » — « Quel que soit l'avis du roi, nous sommes obéissants et soumis à ses ordres ». — « Lequel de vous d'eux a un fils ou une fille ? » Le propriétaire du terrain dit : « Moi j'ai un fils », et le locataire : « Moi, j'ai une fille ». Alors le monarque ordonna de réserver cette fille au fils du propriétaire, et d'unir ces deux enfants. On signa le contrat, on célébra les noces, et le trésor devint la propriété des jeunes mariés. En récompense de l'esprit de justice du roi et de sa bonté envers ses sujets, un des arbres qui croissaient sur le terrain en question produisit des joyaux au lieu de fruits. Cette nouvelle, portée au monarque, le remplit d'étonnement. Il monta à cheval avec ses ministres, et arrivé au pied de cet arbre, il vit que ses branches portaient en guise de fruits des gemmes dont l'éclat illuminait tout le champ. Et les familiers et les commensaux du roi de s'écrier : « Ce serait grand dommage de laisser sur l'arbre ces joyaux. Vite, qu'on les cueille et qu'on les confie au trésor royal ». Mais le roi protesta : « Dieu me garde de m'approprier ces fruits enchantés ». Il fit de nouveau venir le cultivateur et lui dit : « C'est à toi qu'appartiennent ces pierres précieuses, car c'est toi qui as ensemencé cette

terre *»*. — « Non *»*, répliqua-t-il, « car je n’ai pas semé de pierres
précieuses. Puisque c’est le roi qui à pratiqué l’équité, c’est à lui
d’en recevoir la récompense *»*. Alors le prince ordonna d’apporter
de la toile et d’en envelopper tous les joyaux, et ils restèrent
depuis lors sur l’arbre de sorte qu’on pût dire toujours : « Il y a eu
jadis un tel roi, si juste, si équitable, si exempt de convoitise
qu’un arbre ayant produit des gemmes au lieu de fruits, il les a
fait coudre dans de la toile pour qu’elles perpétuassent le souvenir
de ses vertus *»*.

Telle est, jeunes gens, l’histoire de cet arbre et l’origine de ces
fruits. Et le plus merveilleux de l’aventure, c’est que bien des rois
sont venus et s’en sont allés depuis cette époque reculée, bien des
milliers de personnes ont vécu puis trépassé, sans que nul jamais,
ni grand ni petit, ait eu le pouvoir ou l’audace d’ouvrir ces
bourses de toile pour voir ce qui s’y trouvait. Maintenant, fasse la
puissance divine que cette toile continue de les cacher aux yeux.

Les ministres, ravis d’être au courant de toutes ces vérités,
appelèrent sur le vieillard les bénédictions du ciel et demandèrent
au prince de prendre avec eux le chemin du retour, mais il déclina
leur invitation. Ils prirent donc congé du jeune homme, et arrivèrent en quelques jours chez eux. Ils se présentèrent devant le roi,
lui exposèrent tout ce qu’ils avaient vu et lui détaillèrent l’histoire
de l’arbre enchanté. Le monarque ordonna qu’on publiât ce récit
merveilleux, et dès lors, plus que jamais, une crainte mystérieuse
empêcha de porter la main sur les fruits lumineux.

Quant au prince, resté seul, il continua de remonter la vallée
du Nil et chemina ainsi jusqu’à ce qu’il arrivât à la porte d’une
ville. Là se trouvait un homme qui posa au prince les questions
d’usage : « D’où viens-tu, et où te proposes-tu d’aller ? *»* « Je veux
savoir où le Nil prend sa source *»*. L’autre, trouvant cette idée
bizarre, se prit à rire et lui dit : « Tu as encore du chemin devant
toi ; sois d’abord mon hôte pour deux ou trois jours *»*. Le prince
acquiesca, et l’aimable étranger le conduisit chez lui, lui aménagea
un appartement, et fit préparer des mets qu’ils mangèrent ensemble.
Puis il l’emmena au bain pour qu’il s’y délassât des fatigues du
voyage, le revêtit d’une belle robe et le retint une semaine (1).

(1) Nous abrégeons la fin de cette histoire.

Or un jour que notre héros était assis avec son hôte et la femme de ce dernier, un domestique amena un bœuf et le fit entrer dans l'étable où se trouvait déjà un âne. Après avoir attaché le bœuf à côté du baudet, le serviteur s'en alla et les deux animaux lièrent conversation. Le prince n'était guère éloigné d'eux, et par la vertu du philtre que lui avait donné le financier, il comprenait le langage des oiseaux et des quadrupèdes. Il prêta donc l'oreille et entendit l'âne demander au bœuf : « Que faisais-tu avant de venir ici et par quel hasard t'y trouves-tu ? » Le bœuf lui répondit : « O Abou Soufyiâne (1) ne m'interroge pas sur mes aventures, car mon existence est bien pénible et aucune créature n'éprouve les avanies que je dois endurer. Je suis accablé, épuisé, je n'ai plus ni la force de travailler, ni l'espoir de la délivrance. Chaque jour, dès l'aurore, on m'emmène aux champs, et jusqu'à la prière du soir, je laboure la terre avec des coups de bâton comme encouragement. Quand on me ramène à la vesprée, on ne me donne pas assez de foin pour me rassasier, et le lendemain, c'est à recommencer. Pour l'amour de Dieu, connais-tu un moyen de salut ? Indique-le moi, que je puisse prendre quelques jours de repos ». « Voici le meilleur parti », dit l'âne. « Ne mange pas ton fourrage, et quand le matin le valet viendra et s'apercevra que tu n'y as pas touché, il se figurera que tu es malade. Feins d'être bien abattu et on te laissera tranquille ». Ainsi fut fait, mais le pauvre âne, en punition de son conseil malicieux, dut remplacer le bœuf et tirer la charrue (2). Quand il rentra le soir, exténué par ce labeur inaccoutumé, le bœuf voulut le remercier de son bon conseil, mais le malheureux baudet, de très méchante humeur, garda le silence, puis se mit à exprimer amèrements ses regrets.

Cette conversation ne manqua pas d'amuser énormément le prince qui ne put s'empêcher de rire aux éclats. Son hôte et sa femme crurent qu'il se moquait d'eux. Le prince eut beau chercher des excuses pour ne pas révéler son secret, la femme voulut con-

(1) Abou Soufyiâne est le surnom du hérisson (Damiri, édit. de 1305, II, p. 230). Le bœuf veut-il traiter l'âne de hérisson parce qu'il le trouve peu aimable ?

(2) Cet usage existe encore. Lors du voyage que nous venons de faire en Perse nous avons vu des ânes et des mulets employés au labour.

naître la cause de cette hilarité. Elle prétendit même obliger son mari à mettre le rieur en demeure de s'expliquer, sans quoi elle retournerait chez ses parents. Le prince eut beau dire qu'il mourrait s'il révélait la cause de son accès de folle joie, il fallut bien céder. Il ne peut parler, mais il écrira. L'hôte du prince envoie sa femme chercher un *qalam* chez le voisin. Pendant son absence, le mari et le prince se promènent dans la basse-cour. Un coq voyant tout abattu le chien de la maison, lui demande la cause de son chagrin. « C'est », dit-il, « la faiblesse criminelle de notre maître qui va exposer son hôte à la mort pour satisfaire un caprice de sa femme ». — « Mais il est bien bon », s'écrie le coq. « Comment ! Il n'a qu'une seule femme et il ne peut la mettre à la raison, alors que je maîtrise sans difficulté mes quarante poules ! Il n'avait qu'à lui clore la bouche d'un bon soufflet ». A ce discours, le prince se remet à rire de plus belle. Son hôte lui demande pourquoi et le jeune homme veut bien le lui dire à condition qu'il n'en soufflera mot à sa femme. Bref, le prince raconte l'histoire du philtre et tout ce qui s'ensuit. La mégère revient et invite le jeune homme à écrire, mais son mari lui applique des coups de bâton, qui la font revenir à de meilleurs sentiments. Elle demande pardon, on se réconcilie, on banquette avec le prince, puis on va se coucher. Et le lendemain matin, le jeune homme se remet en voyage, en longeant toujours le Nil (1).

Deux ou trois jours de marche amenèrent le jeune homme à une montagne sur le flanc de laquelle s'élevait une cabane habitée par un vieillard. Il s'approcha de l'ermite, le salua, et le vieux répondit à son salut. « Jeune homme », lui dit-il, « tu es le bienvenu. D'où viens-tu et que te proposes-tu de faire ? » « Je viens, » répondit-il, « du côté de l'Occident et je vais dans la direction de l'Orient pour découvrir les sources du Nil ». — « Mais c'est une pure folie », s'écria le solitaire. « Ne dirait-on pas que cela peut t'être de quelque profit ! » Le prince repartit : « C'est Dieu lui-même — il est grand ! — qui a voulu que je chemine poussé par ce désir invincible, dussé-je faire le tour du monde ». L'ermite

(1) Le texte contenait dès incohérences que nous avons cru devoir faire disparaître. Mais ici nous reprenons la traduction complète.

apporta du pain que le prince mangea, et lui dit : « O jeune homme, puisque tu es féru de cette idée et que tu n'en démords pas, viens çà, que je te montre le chemin ». Le prince se confondit en remercîments, et le vieillard lui parla en ces termes : « Sache qu'après avoir marché plusieurs jours, tu te trouveras au bord de la mer. Assieds-toi sur le rivage et reste accroupi la tête sur les genoux, jusqu'à ce que des oiseaux, dont l'un gros comme un éléphant, viennent du haut des airs s'abattre devant toi. Tiens-toi coi jusqu'à ce qu'ils s'approchent de toi, et, alors, agrippe-toi fermement à la patte d'un de ces oiseaux. Il prendra sa volée et t'emportera dans l'espace, traversant ainsi plusieurs mers. Tiens bien les yeux fermés, et après quelque temps, il te fera arriver sur la terre de fer. Alors, ôte doucement tes mains et assieds-toi. La coutume de ces oiseaux est qu'ils viennent chaque jour une fois en cet endroit, et notamment le matin. Lève-toi et va jusqu'à ce que se présente à tes yeux une terre toute en or fauve et étincelant, orné de joyaux. Passe outre, avance encore et tu verras une montagne également toute en or, surmontée d'un castel muni de créneaux d'or ornés de bijoux. Du sommet de la montagne descend une eau, et à l'intérieur [du château ?] est une voûte, la voûte de l'émir Vadvân, avec quatre portes. L'eau qui sort de ce réservoir se divise ainsi en quatre parties [sortant des quatre ouvertures] : l'une est le Nil, une autre le Djîhoûn, la quatrième le Tigre et la dernière l'Euphrate (1). Parvenu à cet endroit, dépouille-toi de tes vêtements, lave-toi, fais une ablution, prononce deux oraisons, et demande tout ce que tu peux désirer, et quand ta prière sera exaucée, ne manque pas de me mentionner dans tes actions de grâces. Lorsque tu auras envie de revenir, retourne à la terre de fer dont je t'ai parlé, et tu y retrouveras ces mêmes oiseaux ; étends la main et cramponne-toi à la patte de l'un d'entre eux, pour qu'il te fasse retraverser la mer et te rapporte ici. Quand tu arriveras à l'endroit où nous sommes, tu me trouveras mort dans ma cellule. Lave-moi et ensevelis-moi dans un suaire que tu trouveras sous mon chevet. Ma tête reposera sur un livre que tu emporteras. »

Le jeune homme se remit donc en route, et arriva au bord de la

(1) Réminiscence des quatre fleuves du Paradis terrestre. Voir plus loin.

mer. Suivant les instructions du solitaire, il s'assit et cacha sa tête dans un pan de son manteau. Tout-à-coup, il s'aperçut qu'un oiseau gros comme un éléphant s'abattait à cet endroit. Le volatile se mit à manger tranquillement, et quand il parut disposé à prendre son essor, notre héros embrassa doucement l'une de ses pattes, et l'oiseau prenant sa volée l'emporta vers le zénith. Il traversa trois mers, regagna le pays de fer, et tout se passa comme l'anachorète l'avait prédit. Le prince gravit la montagne d'or, et voulut atteindre le sommet de la coupole. Il entendit une voix qui prononçait ces paroles : « L'accès de ce lieu t'est impossible, ne te donne pas une peine inutile et n'expose pas ta vie ». Le jeune prince se dit, malgré cet avertissement : « Il y a là un mystère que je dois éclaircir, coûte que coûte ». Il continua d'avancer et entendit la voix dire encore : « C'est ici le ...... (1) et autour de cette coupole tourne la roue du Ciel. Tu ne peux y pénétrer. Tu as trouvé ce que tu désirais. Qu'as-tu besoin d'autre chose ». Le prince pensa : « Cette voix me remplit d'étonnement (2) ». Il alla au bord de l'eau, fit une ablution et deux génuflexions, et se prosterna la face contre terre en signe de supplication, en demandant ce qu'il désirait. Levant alors la tête, il vit une grappe de raisin. Il franchit l'embrasure de la coupole et entendit de nouveau la voix divine proférer ces paroles : « C'est ici le verger où sont les fruits du paradis, et si tu en goûtes, tu prendras en horreur ceux du monde terrestre. Le prince cueillit une grappe de raisin et voulut s'en retourner, mais avant il demanda à haute voix : « Quelle est cette eau qui sort de l'embrasure de la coupole ? » La voix lui répondit : « C'est une eau que Dieu — il est grand ! — a envoyée du ciel sur la terre ; or dans le Paradis elle se divise en quatre rivières : 1° l'Euphrate, 2° le Tigre, 3° le Nil et 4° le Djîhoûn. Le jeune homme pensa : « Tout est bien comme l'avait annoncé l'ermite ». Il pria donc pour le vieillard, et retournant sur ses pas, il arriva à la terre de fer, s'assit, et quand les oiseaux arrivèrent, il se cramponna à la patte de l'un d'eux. L'oiseau lui fit traverser sept lacs,

(1) Ce texte doit être mutilé et est inintelligible.
(2) Ici le récit est à la première personne comme si le prince rapportait lui-même son aventure.

et il finit par arriver au bord de l'Océan. Il lâcha la patte de son oiseau, et revint à l'ermitage ; le vieillard gisait là, avait rendu l'âme à Dieu et s'était voilé la figure. Le prince le lava, l'ensevelit et se remit en route.

Par malheur, il oublia de prendre le livre placé sous la tête du solitaire. Le prince ne tarda pas à rencontrer Iblîs le maudit, sous les dehors d'un jeune homme qui se présenta à lui et le salua. Le prince lui rendit son salut, et ils lièrent conversation. « Jeune homme », dit le Malin, « d'où viens-tu, et comment s'est passé ton voyage ? — Grâce au Seigneur maître des mondes je suis arrivé au but que je poursuivais, et j'en porte la preuve avec moi. — Et puis-je savoir quel est ce document ? — Un raisin plus doux que le lait, plus parfumé que le musc ». Iblîs le maudit introduisit alors la main dans une de ses manches et en retira une pomme odorante qu'il offrit au prince en lui disant : « Voilà un fruit que ce religieux m'avait donné ». Notre jeune imprudent le porta à sa bouche, en mordant une bouchée, et à peine l'eut-il avalée que le raisin céleste disparut de sa main. Iblîs se mit à rire et lui dit : « Je ne suis autre qu'Iblîs qui a fait sortir l'homme du paradis terrestre et qui a suggéré à Eve l'idée de manger le blé (1). Je n'ai pas voulu que tu mangeasses la grappe divine et je t'ai ravi le céleste présent. Maintenant, vas où bon te semble ». Le prince tout contrit se prit à pleurer et ramassa une pierre pour la lancer contre le maudit. Iblîs disparut et le jeune homme dut bon gré mal gré se remettre en route. Il chemina donc, mais eut beau marcher, il ne trouva pas d'endroit habité. Il commençait à endurer les tortures de la faim ; mais il finit par prendre un poisson qu'il mangea. Une semaine se passa ainsi. Enfin un vaisseau apparut au loin. Le prince monta sur une colline pour mieux le voir, et les gens du navire finirent par l'apercevoir à leur tour. Ils firent voile de son côté et atterrirent. Ils invitèrent le jeune homme à monter à bord avec eux, et l'assaillirent de questions. Le prince leur raconta d'un bout à l'autre l'histoire de la coupole,

---

(1) Telle est la légende musulmane, empruntée aux rabbins. Voir *Hammer*, Rosenöl, I, p. 23 ; *Weil*, Biblische Legenden der Muselmänner, p. 19 ; *Grünbaum*, Neue Beiträge zur semistischen Sagenkunde, p. 64-65.

de la voix et de l'eau venue du ciel, et les mariniers s'écrièrent :
« Tu dis vrai, nous avons lu dans les livres que le fils du roi de
l'Orient arriverait à cette coupole. Maintenant nous voguons vers
l'île de Heïhât ; viens avec nous ». Le jeune homme dit : « Je n'ai
pas un denier. Comment pourrais-je vous accompagner ? » Les
marchands le rassurèrent : « Nous te donnerons chacun une petite
somme et tu formeras ainsi un pécule ». On remit donc à la voile,
et après une traversée de quelques jours, le navire par un décret
divin, heurta un récif, sombra et périt, corps et biens. Seul le
prince put gagner le rivage, ainsi que trois chevaux.

Il se trouvait dans une île avec une haute montagne. Le sol
était couvert d'herbes et de tulipes (1). Le prince laissa paître les
chevaux, s'assit au bord de la mer et réussit à prendre quelques
poissons. Il était occupé à chercher partout des brindilles pour
allumer du feu, quand il vit un de ces chevaux se frapper la tête
contre terre. Le prince prit son couteau et lui coupa la tête. Il
rôtit un morceau de viande de ce cheval, et quand vint la nuit, il
se cacha dans la peau de l'animal pour dormir. Quelques jours se
passèrent de la sorte, mais à la fin, l'ennui s'empara du naufragé
qui se disait : « A quel moyen recourir ? Voilà maintenant dix
jours que je reste immobile dans cet endroit, à attendre l'arrivée
d'un vaisseau qui me transporte dans un lieu habité, et le ciel ne
m'accorde pas cette grâce. Je vais gagner la cîme de cette montagne et que les décrets de Dieu s'accomplissent ». Après mille
efforts, il parvint au sommet, et constata que cette montagne attei-
gnait le zénith et qu'au faîte croissait un arbre si énorme que son
ombre s'étendait alentour sur un rayon d'une parasange, et que ses
branches s'allongeaient jusqu'au milieu de la mer. Personne n'aurait
pu en escalader le tronc. A cette vue, le prince resta stupéfait.
Le sommeil finit par le gagner et il se coucha à l'ombre de cet
arbre, qui n'était autre que le séjour de la princesse et de la
Sîmourgh. Dieu — il est glorieux — l'avait ainsi décidé.

La jeune fille occupée à regarder du haut de l'arbre dans toutes
les directions, ne tarda pas à apercevoir le jeune homme endormi.

---

(1) Au printemps les tulipes sauvages foisonnent en Perse, dans certai-
nes régions, par exemple aux environs de Meched.

C'était pour elle une étrange créature, telle que de sa vie, elle n'en avait jamais vue. Le décret divin allait donc se réaliser point pour point, car le Très-Haut voulait que les paroles de la Sîmourgh fussent mensongères et qu'elle fût frappée de confusion. — Lorsque la jeune fille revint à elle — car la vue du prince lui avait fait perdre le sentiment —, elle se dit : « Qu'est-ce que cet être dont le corps ressemble au mien ? » Jamais la princesse, nous le savons, n'avait vu de figure humaine, et elle s'imaginait qu'il n'y avait pas au monde d'autre endroit que cet arbre, cette montagne et cette mer, ni d'autre être vivant qu'elle et la Sîmourgh sa mère nourricière. Lors donc que le beau prince apparut à ses yeux elle en devint si follement amoureuse (1) qu'elle faillit s'élancer vers lui du haut de l'arbre. Quant au jeune homme, à son réveil, il jeta ses regards à droite et à gauche sans voir âme qui vive, mais la jeune fille lui ayant lancé une pomme (2), il leva les yeux et aperçut au haut de l'arbre cette ravissante créature belle comme la lune de la nuit du quatorze (3). Il fut ravi en extase et s'éprit pour elle d'un fol amour (4). « O mignonne », s'écria-t-il, « que fais-tu au haut de cet arbre et qui es-tu » ? — « Je suis la fille de la Sîmourgh ». — « Toi ? mais tu es la fille d'un homme et la Sîmourgh est un animal ! Quel hasard a bien pu t'amener en ces lieux ? » — « Mais toi », demanda-t-elle à son tour, « qui es-tu ? » — « Moi, je suis un homme. » — « Qu'est-ce donc qu'un homme ? » — « Un homme », répondit-il, « est un être semblable à toi et à moi. Quant à la Sîmourgh, c'est un animal : elle a des plumes et des ailes. En quoi lui ressembles-tu et quelle analogie y a-t-il entre vous deux ? » La princesse se récria : « Quel langage tiens-tu là ? Je sais que je suis la fille de la Sîmourgh, et d'homme, je n'en ai jamais vu. » Le prince insista : « Si tu veux qu'il t'apparaisse à toute évidence que tu n'es pas la fille de la Sîmourgh, demande-lui un miroir quand elle viendra, et regarde ton visage : tu verras bien que ce n'est pas à elle que tu dois la vie ». « Si tu le peux, viens me trouver

(1) Litt. : elle en devint amoureuse avec mille cœurs « *ba hazàr dil.* »

(2) Voir Chauvin, Bibl. arabe, VIII, p. 151.

(3) La pleine lune. Cette métaphore est familière aux Persans, qui aiment les beautés plantureuses et les visages arrondis.

(4) Il l'aima avec cent mille cœurs.

ici „, dit la princesse. « D'ici jusqu'à toi, il y a bien deux cents coudées ; je ne saurais y parvenir et pourtant sans toi, la vie m'est amère désormais. Que pourrais-je bien faire ? Soit, je vais monter la garde ici jusqu'à ce que vienne la Sîmourgh. „ « Cache-toi dans un coin, car c'est le moment de son retour. Pourvu qu'elle ne te voie pas et ne sévisse pas contre toi „.

La jeune fille jeta au prince toutes les friandises qu'elle avait. Il les ramassa et alla se cacher dans la peau du cheval qu'il avait tué ; mais l'ardeur de son amour le privait de tout repos.

Lorsque la Sîmourgh revint de la cour de Salomon, elle trouva la jeune fille toute maussade et lui demanda : « O mon enfant, pourquoi as-tu l'air si abattu ? „ « Que pourrais-je bien faire ? „ répondit-elle ; « je m'ennuie dans cette solitude. Si tu voulais être assez bonne pour me rapporter un miroir, je pourrais me distraire et bannir l'ennui. „ Aussitôt la Sîmourgh partit, alla chercher un miroir et le déposa devant la princesse. Elle le prit, y contempla son image et vit bien que les paroles du jeune homme n'étaient que l'expression de la vérité, et que les diverses parties de son corps ne ressemblaient en rien à celles de la Sîmourgh. Elle se prit à rire, et sa mère nourricière lui dit : « Ah ! voilà que tu as retrouvé ta gaieté „. « Oui „, dit-elle. Et cette nuit là, sa passion pour le prince l'empêcha de trouver le sommeil.

Quand vint l'aurore, l'oiseau s'en alla, et la jeune fille suivit des yeux son départ. L'arrivée du prince la réjouit grandement, et elle lui montra le miroir. « Eh bien ! „ dit-il, « t'y es-tu regardée ? „ « Oui, et j'ai constaté que tu n'avais dit que la pure vérité : mon corps est identique au tien. „ L'amour de la jeune fille pour le prince s'exaspérait au point qu'elle voulait presque se précipiter du haut de l'arbre. « Il nous faut pourtant „, dit-il, « inventer un moyen de nous rapprocher l'un de l'autre „. « J'en ai un „, dit-il. Quand la Sîmourgh viendra, supplie-la de te déposer au pied de cet arbre et de te reporter en haut à la tombée de la nuit. Prétexte que tu t'ennuies mortellement là haut, et que si tu pouvais contempler la mer à loisir, peut-être ton cœur se dilaterait. „ « C'est parfait „, dit-elle. « Prends donc patience jusqu'au retour de la Sîmourgh. „

L'oiseau, à son retour, vit la jeune fille morne et toute défaite.

Elle s'assit à côté d'elle et lui demanda : « O mon enfant, pourquoi
es-tu si chagrine ? — Je me désole de ce que toute la journée tu
t'en vas et tu me laisses toute seulette. — Eh bien, propose-moi
quelque remède à cela. J'agirai selon ton désir. — Dépose-moi
chaque jour au pied de l'arbre jusqu'au soir, au moment de ton
retour. Alors tu me reporteras en haut. — Je veux bien ». Ainsi
fut fait : quand le jour vint, la Sîmourgh descendit la jeune fille
et s'en alla. Le prince, qui savait l'heure du départ de l'oiseau, ne
tarda pas à accourir au pied de l'arbre où il trouva sa bien-aimée.
Ils se passèrent le bras autour du cou et échangèrent sur leurs
lèvres la saveur exquise d'un baiser. Ils mangèrent ensemble les
mets que la princesse avait pris avec elle. Quand la Sîmourgh
revint, le prince alla, comme toujours, se cacher. L'oiseau, voyant
sa pupille de bonne humeur, l'embrassa et la porta au sommet de
l'arbre, où ils passèrent la nuit, et le matin, ils descendirent.
« Veux-tu bien » (1), dit la jeune fille, « me dire si tu ne pourrais
pas me construire une demeure en cet endroit même. — Prends
patience jusqu'à ce que je découvre du côté de la mer un endroit
qui te convienne. Je t'y porterai ».

La Sîmourgh prit son essor et se mit à tournoyer en tous sens.
Or, le décret divin voulait s'accomplir et le terme fixé était proche.
La Sîmourgh construisit une demeure agréable, abritée de l'ardeur
du soleil, à l'endroit même où se cachait le prince. La Sîmourgh
aperçut les deux chevaux que le prince avait amenés ; elle les
attacha à proximité de l'habitation de la princesse, y amena la
jeune fille et lui dit : « O mon enfant, ces animaux que voilà
s'appellent bêtes de la mer. Passe ta journée à t'amuser avec eux,
et n'en aie aucune peur ». La princesse, qui n'avait jamais vu
de chevaux, s'intéressa beaucoup à ces animaux. La Sîmourgh
partie, les deux amants échangèrent mille cajoleries (2). Le prince
finit par s'écrier : « O vie de ma vie », jusques à quand aurai-je
la force de résister. Il faut que nous accomplissions le désir
suprême de notre cœur et que tu sois toute à moi ». — « Tu es le

(1) Littéralement : « que je sois ta rançon » (fidâyat šavam = ar. gou
iltou fidâka), formule courante pour commencer une lettre ou un discours.
(2) Litt, dast-bâzî = « *jeu de mains* ».

maître (1). » Avec l'assentiment de la jeune fille, le prince la saisit donc dans ses bras et rompit le sceau de la virginité comme l'a dit le poète. La princesse trouva à l'étreinte du prince une telle volupté qu'elle en naquit pour ainsi dire à une vie nouvelle. Ils restèrent ainsi couchés jusqu'au soir, sein contre sein.

Quand vint l'heure du retour de la Sîmourgh, le jeune homme alla se blottir dans sa peau de cheval, et l'oiseau trouvant la princesse endormie, ne se douta guère de la cause de sa fatigue. Elle la réveilla et la transporta au sommet de l'arbre. « O mon enfant », lui demanda-t-elle. « Comment s'est passée la journée d'aujourd'hui ». Elle lui répondit : « O ma chère maîtresse, cette journée a été plus exquise que toutes les autres. Sache que de toute ma vie je n'ai éprouvé une telle joie ni ressenti un tel plaisir. Je me suis follement amusée à regarder les chevaux. » « Eh bien ! » reprit la bonne Sîmourgh, « je te porterai encore demain matin à cet endroit pour que tu ne sois plus abattue et chagrine. » La jeune fille la remercia chaleureusement. La Sîmourgh la porta le lendemain matin à sa nouvelle demeure, et les deux amants échangèrent jusqu'au soir leurs caresses.

Un jour, le prince demanda à la jeune fille : « Qu'as-tu avec toi là-haut, au sommet de l'arbre ? — Un berceau et une couverture ». Le prince s'écria tout content : « Mais il faut absolument que je m'installe là pour passer la nuit au sec. Dis ce soir à la Sîmourgh : Apporte au haut de l'arbre cette chose noire pour m'amuser. » La jeune fille trouva l'idée excellente. Bientôt le prince, pressentant le retour de la Sîmourgh, alla se cacher comme d'habitude dans la peau de cheval. L'oiseau revint et transporta la jeune fille à sa place accoutumée, au sommet de l'arbre. Elle se figurait que jamais être humain ne viendrait à cet endroit, et se doutait bien peu que le Destin avait commencé de s'accomplir ; et elle se disait : « Voilà bien des années que je me donne du mal avec cette jeune fille, mais le terme est proche. Ce sera bientôt le moment de la porter à Salomon pour me justifier (2) et prouver la vérité de mes paroles, de peur qu'un vaisseau n'aborde par hasard en ces parages,

_____

(1) « Amr az to'st » = à toi de commander.
(2) Littéralement : « blanchir ma figure ».

qu'on ne découvre la jeune fille et que je ne recueille pas le fruit de mes efforts. Il vaut mieux que je ne la dépose plus au bord de la mer, mais que j'arrange ici même un endroit pour les chevaux. La princesse pourra tout aussi bien prendre plaisir à les regarder du haut de l'arbre, jusqu'à ce que s'achève le temps qui reste à courir avant l'échéance fatale. Alors, je la porterai à Salomon et je dirai : « Voilà comment j'ai conjuré le destin ».

Quand le jour commença à poindre, la jeune fille s'imagina que sa mère nourricière allait la descendre comme les autres jours, mais la Sîmourgh lui dit : « O lumière de mes yeux, il vaut mieux que je ne te transporte pas au bord de la mer, de peur qu'une bête ne t'attaque. Reste donc sur l'arbre, et tout ce que tu pourrais désirer, je te l'apporterai ». Là dessus elle s'envola, alla chercher les chevaux et les lia au pied de l'arbre, puis elle alla faire sa cour à Salomon. Elle partie, la jeune fille mouilla de pleurs son visage beau comme la lune (1). Le prince accourut, et la trouvant toute en pleurs, il s'écria : « O repos de mon cœur, idole de mon âme, j'ai erré bien longtemps loin de ma famille et de ma patrie, et j'ai subi mille avanies jusqu'à ce que Dieu — il est sublime — t'ait donnée à moi pour réconforter mon cœur endolori. Comment vivre maintenant que la Sîmourgh t'a laissée au sommet de cet arbre funeste ? » La jeune fille ne répondit qu'en sanglotant de plus belle. « O ma chérie », dit le prince, « cesse de pleurer. Je vais détacher ces chevaux et les lancer à la mer. Quand l'oiseau reviendra, parle lui comme je te l'ai dit hier. Nous serons toujours ensemble là haut. » Ces paroles rendirent courage à la princesse ; elle jeta à son bien-aimé une partie des mets que la Sîmourgh lui avait rapportés la veille. Le prince s'en rassasia, et ils devisèrent gentiment jusqu'au coucher du soleil.

Quand vint l'heure du retour du Griffon, le prince alla se cacher. L'oiseau, voyant la jeune fille maussade, tâcha de la consoler, et s'en fut dormir ; mais le chagrin empêcha la princesse de fermer l'œil. Le lendemain, elle lui demanda : « O chef des oiseaux, apporte auprès de moi cette masse noire qu'on aperçoit de loin. Je

____

(1) Littéralement : « versa de chaque cil cent mille pleurs sur son visage, etc. »

m'amuserai à l'examiner. — Oui, mon enfant, mais qu'est-il donc
advenu des chevaux ? — Ils ont rompu leur licou, se sont préci-
pités dans la mer et se sont noyés ». Alors la Sîmourgh alla ramas-
ser l'un des cadavres (c'était précisément la peau où était caché le
prince) et l'apporta à la jeune fille, qui fut au comble de ses vœux.

La Sîmourgh s'envola, et le jeune prince sortit de sa cachette. Il
entoura de ses bras le cou de son amante et dans une longue
étreinte ils accomplirent le désir de leur cœur. Après quoi ils se
régalèrent. Le prince examina alors le berceau qui était assez grand
pour que deux personnes pussent y tenir à l'aise. « Ma mignonne »,
dit-il, « lorsque la Sîmourgh reviendra, demande lui aussitôt la
permission de prendre congé et dis-lui que tu vas dormir dans ton
berceau ». Il y avait dans la couchette quelques matelas et deux
couvertures. Le prince les étendit, se coucha pour les essayer et
constata que tout pourrait s'arranger à merveille. Ils recommen-
cèrent leurs embrassades et jusqu'au coucher du soleil ils manifes-
tèrent leur amour.

Quand la Sîmourgh revint, la princesse se plaça juste au milieu
du berceau [comme si elle était seule] et le prince ramena la couverture sur son visage. « Eh bien ! mon enfant, comment la journée
s'est-elle passée ? » demanda l'oiseau. « O ma maîtresse », répondit
sa pupille, « j'ai été on ne peut plus heureuse, et je n'ai plus
aucune envie de descendre ». La Sîmourgh avait rapporté d'exquises
friandises qu'elle donna à la jeune fille. Elle en mangea une partie
et garda le reste pour le prince. Peu après, elle quitta la Sîmourgh,
se rendit dans le berceau, leva la couverture et se blottit auprès
de son amant. Ils échangèrent un baiser puis dormirent jusqu'à
l'aube. La princesse sortit de sa couchette et vint saluer la
Sîmourgh, qui lui demanda : « O mon enfant pourquoi es-tu restée
nuit et jour dans ton berceau et n'as-tu pas dormi comme auparavant à l'abri de mes ailes ? ». — « O ma maîtresse », répondit-elle,
je t'ai donné jusqu'à ce jour beaucoup d'embarras et je ne veux
plus t'importuner désormais. Ce berceau me convient très bien, et
d'ailleurs il est très chaud ». Bref, la Sîmourgh s'en fut, le prince
s'éveilla, et nos deux amants, après s'être embrassés, se régalèrent
des mets que la Sîmourgh avait rapportés. Et, une année durant,
le prince et la princesse coulèrent au sommet de cet arbre des

jours heureux, et par la volonté divine, la jeune fille devint enceinte. Le prince se dit : « L'enfant qui va naître de la princesse va pleurer et ses vagissements pourraient révéler sa présence à la Sîmourgh, qui ne manquera pas de le tuer ». Il dit à la jeune fille : « Quand la Sîmourgh rentrera, demande-lui un narcotique, (1) qui nous permettra d'éviter un malheur ». Elle suivit ce conseil et quand la Sîmourgh revint, elle lui dit : « O chef des oiseaux, je voudrais avoir un peu de narcotique ». — « Et pourquoi faire ? » — « C'est qu'avec la meilleure volonté du monde, je ne parviens pas à fermer l'œil un instant de la nuit ». La Sîmourgh obtempéra à son désir, et lui rapporta la drogue demandée.

Or, un jour que l'oiseau était allé faire sa cour à Salomon, la jeune fille déposa le faix de son sein, et mit au monde un garçon pareil à la nuit du quatorze. Ils l'emmaillotèrent dans des lambeaux de couverture, et sa mère l'allaita. Peu avant le retour du griffon, ils lui mirent du narcotique sous les narines et l'enfant jusqu'à l'aurore ne manifesta sa présence par aucun bruit (2). Lorsque la Sîmourgh fut partie, il le rappelèrent au sentiment.

Une année, donc, se passa de la sorte, et Dieu envoya Gabriel en rendre compte à Salomon. « Salomon », dit-il, « demande à la Sîmourgh si oui ou non, elle a entravé le qazâ o qadar ». Or ce même jour, la Sîmourgh, se croyant sûre du succès, avait l'air triomphante et se rengorgeait. « Eh bien ! » lui demanda le roi, « as-tu conjuré le Destin ? Maintenant le terme est échu. — Oui, j'ai empêché le décret divin de s'accomplir. Désormais, par ma vie, tu seras d'accord avec moi sur ce point, tu avoueras que le qazâ o qadar n'est qu'un vain mot, et tu me témoigneras les égards que je mérite. — Et vraiment donc tu as entravé l'arrêt du destin ? — Oui, je l'ai fait. — Va donc, mets la jeune fille dans son berceau, et apporte-là ». Le Griffon, transporté de joie prit son vol. Le prince, la voyant venir de loin, se cacha dans le berceau avec le petit enfant. La Sîmourgh passa la nuit sur l'arbre et dit à la princesse : « Il faut qu'à l'aurore je te porte à Salomon qui t'a réclamée ». Dès l'aube,

---

(1) *Bihoúch-dároú*. — Littéralement « remède qui prive de sentiment ».

(2) L'usage funeste d'enduire d'opium les lèvres et les narines des enfants pour qu'ils dorment tranquillement, est courant en Perse actuellement.

elle saisit donc le berceau dans ses serres, s'éleva dans les airs et arriva bientôt auprès du grand roi. Elle déposa son fardeau dans l'enderoûn (1) du palais, se présenta devant Salomon et s'inclina devant lui. Salomon ordonna à tous ses sujets, aux dîvs et aux péris, aux quadrupèdes et aux oiseaux de se rassembler devant lui. Puis il s'assit sur son trône, fit approcher la Sîmourgh et l'apostropha en ces termes : « Eh bien ! Sîmourgh, as-tu oui ou non, empêché l'accomplissement de la volonté divine concernant le fils du roi de l'Occident et la fille du roi de l'Orient ? Car le terme est échu. — O prophète de Dieu, la semaine même où la fille du roi de l'Orient a vu le jour, je suis allée l'enlever avec son berceau au milieu de ses suivantes, et traversant sept mers, je l'ai portée sur la cîme d'une haute montagne au sommet d'un grand arbre, et je l'ai élevée là-bas jusqu'aujourd'hui, sans qu'aucune créature soupçonnât son existence. Je viens de te l'apporter il n'y a qu'un instant. — Qu'on me la fasse voir immédiatement avec son berceau ». La Sîmourgh alla chercher le tout, le déposa devant Salomon, et quand on leva le couvercle, on vit les deux jeunes gens resplendissants de beauté, avec, sur leur sein, un gracieux enfant. On les fit sortir du berceau, et ils se prosternèrent devant Salomon.

S'adressant alors à la Sîmourgh : « Or çà », s'écria-t-il, « comment donc as-tu entravé le destin, pour qu'un jeune homme ait passé deux ans avec cette jeune fille et qui plus est, l'ait rendue mère sans que tu aies eu le moins du monde vent de cette aventure ? Par la splendeur de la gloire divine, je jure que tu seras châtiée pour servir d'exemple à toutes les créatures ».

La Sîmourgh, à la vue de cet évènement, s'était prise à trembler de terreur, et avait failli perdre connaissance. Et depuis ce moment jusqu'aujourd'hui, personne ne l'a revue. Tous les êtres témoins de cette scène en furent profondément impressionnés. Salomon ordonna aux dîvs et aux djinns d'aller à la recherche de la Sîmourgh et de l'amener devant lui. Mais ils eurent beau parcourir l'univers, ils ne la trouvèrent point et s'en revinrent auprès de Salomon lui confesser leur échec. Alors le roi fit amener les otages,

(1) Littéralement « intérieur », les appartements intérieurs, le gynécée. Les appartements réservés aux hommes s'appellent le *biroûn*, l'extérieur.

on fit venir tous les hiboux, les corneilles et les faucons des montagnes, tous les moineaux blottis dans les crevasses. Salomon les admonesta sévèrement, et leur fit mettre des chaînes aux pieds pour les empêcher de se mouvoir.

Enfin Salomon demanda au fils du roi de l'Occident le récit de ses aventures qu'il lui détailla fidèlement. Le prophète alors régularisa l'union des deux amoureux, fit cadeau au prince d'une robe d'honneur, d'un... et d'un pavillon. Il fit écrire deux lettres, l'une pour le père du marié, l'autre pour celui de l'épousée, et y consigna leurs aventures, et ordonna aux vents d'enlever le tapis des deux héros de l'aventure avec leur suite et de les transporter du côté de l'Occident. Le roi de ce pays, informé de l'arrivée de son gendre, de sa fille et de leur enfant, s'en réjouit. Tous se convertirent à la religion de Salomon et séjournèrent quelques jours en cet endroit ; après quoi le prince demanda congé à son beau-père. Le vent le transporta à son tour dans la direction de l'Occident, et le père du prince, informé de son heureux retour, vint au devant de lui et le ramena triomphalement dans sa capitale. Il se fit narrer ses aventures, se convertit également à la religion de Salomon et fit à son fils des noces magnifiques.

NOTE

SUR LE

CONTE DE SALOMON ET LE GRIFFON

PAR M. VICTOR CHAUVIN.

Ce conte existe en arabe, en persan et en turc.

De la forme arabe, on sait seulement qu'elle se rencontre dans deux manuscrits du Kalîlah et il n'y a que de Sacy qui en ait dit un mot (1). Benfey en conclut que ce conte n'a été ajouté que plus tard au Kalîlah et que, pour ce motif, il ne se retrouve dans aucune des versions dérivées du texte arabe (2).

C'est la version turque qui a d'abord été connue en Occident, parce que Caylus en a publié une traduction française (3). Cette traduction, mise en allemand, a paru dans le tome IX du *Tausend und ein Tag*, pp. 100 et suiv. Elle a été utilisée par Wieland pour son *Dschinnistan* (4), par Hartmann (*Asiatische Perlenschnur*, t. I, pp. 84-100) et par l'auteur des *Märchen für Kinder und Nichtkinder* (Riga, Hartknoch, 1796).

Cette forme est beaucoup plus simple que la version persane conservée dans le manuscrit n° 1255 de la Bibliothèque de la Compagnie des Indes à Londres et dans le manuscrit de Berlin, sur lequel est faite la version de M. Brictcux. Le conte du manuscrit n° 1255 a paru en anglais dans l'*Asiatic Journal ;* cette traduction

---

(1) *Notices et extraits des manuscrits*, t. IX, I, p. 461. De Sacy dit que les manuscrits portent les nᵒˢ 1492 et 1501.

(2) BENFEY, Pantschatantra, t. I, p. 573. — Voir *Bibliog. arabe*, t. II, p. 102, n° 63.

(3) *Bibliog. arabe*, t. VI, pp. 201-202 ; cfr. t. IV, pp. 133 et 222.

(4) T. III ou dans l'édition Hempel des œuvres de Wieland, t. XXX, pp. 333-339.

a été mise en français en 1840 et publiée dans la *Revue Britan-nique* (1). Le manuscrit de Londres et celui de Berlin ne semblent guère différer.

Il est visible que la version persane est plus récente que celle que représente la version turque : dans celle-ci l'histoire ne comprend qu'une seule donnée logiquement développée ; l'autre, au contraire, est allongée par l'insertion de quatre histoires, qui sont absolument étrangères au sujet véritable.

1° Il y a d'abord un groupe d'allégories assez ingénieuses, que l'on retrouve sous une forme plus simple dans les *Quarante Vizirs*, de la traduction de Behrnauer ou de celle de Gibb (2). L'auteur persan joint, par exemple, à l'allégorie des bouchers (n° 10 de la traduction ci-dessus) celle des deux cuisines (n° 11), c'est-à-dire qu'il a répété le même trait, évidemment dans le but d'amplifier son modèle. (Cfr. aussi Monteil, *Contes soudanais*, pp. 106-109.)

2° Vient ensuite l'histoire des vieillards dont la force et la santé sont en raison inverse de leur âge. Cette historiette est bien connue (3) ; mais, ici, elle est motivée un peu autrement et, nous semble-t-il, plus ingénieusement.

3° La troisième addition est l'amplification du conte bien connu du procès pour le trésor trouvé par un acheteur dans l'immeuble qu'il acquiert. Ce conte se retrouve chez les Juifs et le roi mis en scène est Alexandre le Grand (4). Chez les Arabes, c'est Kisrâ (Anoûchirwâne) qui est le héros (5). « Le roi Kisrâ, dit Qalyoûbi, était le plus juste des rois. On raconte qu'un homme acheta d'un autre une maison. Il y trouva un trésor et, se rendant chez le vendeur, l'informa de la chose. Le vendeur lui dit : « Je t'ai vendu une maison, n'y connaissant pas de trésor ; s'il y en a un, il est à toi ». Mais l'acheteur répondit : « Il faut absolument que tu le prennes, car il ne rentre pas dans ce que j'ai acheté ». La discussion s'étant prolongée, ils portèrent le différend devant le roi Kisrâ.

---

(1) 4e série, t. XXX, pp. 351-371 : *Salomon et la Simorgue.*
(2) *Bibliog. arabe*, t. VIII, pp. 160-161, n° 168.
(3) *Bibliog. arabe*, t. VII, p. 61.
(4) Wünsche, *Midrasch bereschit*, p. 143 et *Midrasch Watikra*, p. 184.
(5) Qalyoûbi, édit. Calcutta, 1856, p. 31.

Là, ils exposèrent l'affaire du trésor. Le roi baissa longtemps la tête, puis leur demanda s'ils avaient des enfants. « Un fils pubère », dit le vendeur. « Et moi, dit l'acheteur, j'ai une fille nubile. » « Je vous ordonne, dit Kisrâ, de les marier pour qu'il y ait entre eux union et alliance et d'employer le trésor à leur avantage. » Ce qu'ils firent, pour obéir à l'ordre du roi. »

4° Il y a enfin l'histoire *Le bœuf et l'âne*, qu'on trouve dans les Mille et une nuits et que le compilateur persan a moins bien racontée (1).

Notre conte existe-t-il dans l'Inde ? A notre connaissance, aucune collection ne le donne dans la forme qu'il a ici. Mais, chez les Jainas, on trouve une histoire qui est, au moins, le germe de la nôtre. Comme on ne l'a pas encore, jusqu'à ce jour, rapprochée de notre conte, nous croyons faire chose utile en donnant ici la traduction de la version que Weber en a faite (2).

« Dans une ville, Ratnasthala, vivait le roi Ratnasena, dont le fils, Ratnadatta, connaissait les 72 arts. Afin de trouver une jeune fille qui convînt pour le prince, le roi envoya seize émissaires dans la direction de chacun des points cardinaux ; il leur avait donné un portrait du jeune homme, ainsi que son horoscope. De l'Ouest, etc., ils revinrent dans la ville sans avoir trouvé de jeune fille convenable, ayant souffert les peines du voyage et se sentant aussi malheureux qu'une danseuse qui aurait oublié la mesure et la gamme quand il lui faut danser. Mais les seize qui étaient allés au Nord vinrent, en longeant la rive du Gange, à la ville de Candrasthala ; là régnait Candrasena, dont la fille, connaissant les 64 arts, était d'une céleste beauté. Les envoyés exhibèrent le portrait et l'horoscope du prince. Le roi manda sa fille et, quand elle fut arrivée, on vit combien les deux se convenaient. Il appela alors les astrologues pour examiner la constellation. Ils calculèrent 12 ans (l'âge de la princesse) et dirent : « O roi, la conjoncture qui se produira dans 17 jours ne reviendra pas avant 12 ans. » Le

<hr>

(1) *Bibliog. arabe*, t. V, pp. 179-180 et t. VIII, pp. 49-50.

(2) ALB. WEBER. *Ueber das Campakaçreshṭhikathânakam, die Geschichte vom Kaufmann Campaka.* Dans *Sitzungsberichte der königlich Preussischen Akademie der Wissenschaften zu Berlin*, 1883, p. 572 et suivantes.

roi dit : « Le fiancé est bien loin et la conjoncture bien proche.
Que faut-il faire ? » Les émissaires répondirent : « Envoie des
chamelles rousses, rapides comme le vent, pour ramener ainsi
rapidement le prince seul. » — « Qu'il en soit ainsi » dit le roi. Les
émissaires furent donc envoyés avec des chamelles rapides comme
le vent et arrivèrent en cinq jours dans leur ville. Mais quand
Ratnasena vit le portrait de la princesse (qu'ils apportaient), il se
réjouit vivement et équipa le prince pour qu'il partît avec ces
émissaires et ces chamelles.

« Or, à cette époque, à Lankâ régnait Rāvaṇa, qui avait
4000 grandes armées et dix millions de navires. Indra et les autres
dieux, avec les gardiens du monde, étaient à son service. (Ici le
narrateur doit montrer la splendeur de Rāvaṇa). Un jour il
demanda au devin : « Quand me viendra la mort et d'où ? » Le
devin répondit : « De la main de Râma et de Lakṣmaṇa te viendra
la mort ; et ceux-là seront les fils de Daçaratha à Ayodhyâ. »
Rāvaṇa discuta avec ses conseillers. « Comment pourrait-il bien
en être autrement ? » Les conseillers dirent : « Comment peut-on
changer ce qui doit être ? Car le destin brise, le destin unit, le
destin brise de nouveau après avoir uni ; insensé l'homme qui
lutte ; ce que fait le destin, cela est. »

« Rāvaṇa dit en s'emportant orgueilleusement : « Arrière le
destin ! Pour des hommes haut placés, l'action virile seule décide. »
Le devin répliqua : « O roi, ne parle pas ainsi ! Place lunaire (1),
place de joyaux (2) et prince, tout cela se rencontrera le dix-
septième jour après celui-ci, à midi. Tu ne peux l'empêcher, non
plus que tout autre qui serait plus fort que toi. Qu'il l'essaie !
Maintenant la condition que je fixe est claire » (3).

« Alors Rāvaṇa, pour changer cet arrêt du destin, fit enlever la
princesse Candrāvatī par deux rakṣas et dit à l'un de ses esprits
féminins : « Prends la forme d'une timiṃgilī, haute comme une

(1) La princesse ?
(2) Les joyaux de la plage, dont il sera question plus loin ?
(3) Le devin donne donc à Rāvaṇa la conjoncture calculée par les astrologues de Candrasena comme exemple de l'immutabilité du destin et
l'engage à essayer s'il pourrait bien y changer quelque chose. L'auteur,
ajoute Weber, aurait pu s'expliquer un peu plus clairement.

montagne (1) et, jusqu'au jour de la conjoncture, reste dans la région de l'embouchure du Gange, en tenant dans la gueule Candrāvatī, enfermée dans une grande caisse d'ivoire, avec des vivres, du bétel et tout ce qu'il faut encore. Tu te tiendras dix-sept jours au milieu de l'eau. » Elle exécuta ce que Rāvaṇa avait ordonné. Rāvaṇa fit ensuite appeler l'un de ses esprits mâles, le génie serpent Takṣaka et lui enjoignit de mordre le prince Ratnadatta, qui se préparait à ramener la princesse Candrāvatī. Il mordit donc le prince. Les médecins qu'on manda employèrent des centaines d'antidotes ; sans succès. Le roi se conforma alors à la parole des savants qui, enseignant que, d'après le manuel, l'évanouissement causé par le poison dure six mois, dirent qu'il faut mettre le patient à l'eau et ne pas le brûler comme cadavre. Il fit mettre et emporter le prince dans un panier de jonc (?), de la grandeur d'un homme. Flottant sur l'eau, le panier, comme l'avait décidé le destin, arriva dans le voisinage de ce poisson Timi. Or la fée Timiṃgilī — car tel était aussi l'arrêt du destin — oubliant l'ordre qu'elle avait reçu, se disait le dix-septième jour, qui était celui de la conjonction : « Je suis lasse d'avoir tenu tant de jours la caisse dans la gueule et je ne puis plus me remuer. Aussi veux-je maintenant déposer un instant cette caisse et folâtrer dans la mer que forme le Gange. Elle ôta donc la caisse, la mit sur une île voisine et en ouvrit la porte en disant : « Mon enfant ! je veux jouer un instant dans l'eau ; cependant tu t'amuseras au bord de la mer. » Là-dessus elle s'éloigna pour se récréer. Précisément en ce moment arriva le panier, que poussait le vent. La jeune fille eut la curiosité de l'ouvrir, y aperçut le prince étourdi par le poison, l'aspergea de l'eau de son sceau orné d'une pierre qui détruit le venin et rappela ainsi le jouvenceau à la vie. La jeune fille se réjouit. « Hé, dit-elle, il me semble, à en juger par sa ressemblance avec le portrait, que c'est le prince Ratnadatta, à qui mon père m'a fiancée. » Le prince, de son côté, pensait que c'était justement le jour de la conjonction pour le mariage. Quand chacun d'eux eut raconté son histoire à l'autre, le prince épousa

(1) Grand monstre marin fabuleux (qui avale même le timi) ; on l'appelle aussi simplement ici timi (très grand poisson de mer, baleine.)

la princesse à la façon des Gandharvas. Ayant ramassé une grande quantité de perles et de beaux joyaux, gros comme des myrobolans, qui étaient tombés au bord de la mer, ils rentrèrent ensemble, quand approcha le moment du retour de la Timiṃgilī, dans la caisse, après avoir lié ensemble le bout de leurs vêtements (1), et en fermèrent la porte. La fée, arrivant, demanda : « Mon enfant, es-tu dans la caisse ? » « Mère, répondit la jeune fille, je m'y trouve très bien ». Là-dessus elle reprit la caisse dans la gueule.

« En ce moment même, Rāvaṇa disait au devin : « J'ai empêché le mariage qui, pourtant, devait avoir lieu ; l'arrêt du destin a été modifié. » Là-dessus il manda la fée Timiṃgilī et lui fit tirer la caisse de la gueule. Quand on l'eut ouverte, tous s'étonnèrent de voir la princesse unie à ce jouvenceau d'une céleste beauté, les mains ornées d'or. Ils racontèrent leur histoire devant Rāvaṇa. Alors Daçamukha reconnut que ce qui doit être n'arrive pas autrement. Il hébergea le prince et sa femme, lui permit de s'en aller et le fit transporter par ses esprits dans une ville, où les siens, son père, etc. furent extrêmement ravis de le revoir. »

---

(1) Symbole du mariage.